KNISTER
Hexe Lilli
und das Geheimnis der Mumie

Birgit Rieger
lebt und arbeitet in Berlin. Als freischaffende Grafikerin
gestaltet und illustriert sie Bücher
für Kinder und Jugendliche

KNISTER

Hexe Lilli und das Geheimnis der Mumie

Mit Illustrationen von Birgit Rieger

Arena

In neuer Rechtschreibung

1. Auflage 1999
© 1999 by Arena Verlag GmbH, Würzburg
Alle Rechte vorbehalten
Reihengestaltung: Karl Müller-Bussdorf
Einband- und Innenillustrationen: Birgit Rieger
Gesamtherstellung: Westermann Druck Zwickau GmbH
ISBN 3-401-04935-6

Dieses Buch enthält einen echten Mumientrick und Tipps zum Schreiben von Hieroglyphen.

Das ist Lilli, die Haupt-
person unserer
Geschichte. Sie ist
ungefähr so alt wie
du und sieht aus wie ein
gewöhnliches Kind.
Das ist sie eigentlich
auch . . .
aber doch nicht ganz. Lilli besitzt nämlich
etwas, was überhaupt nicht gewöhnlich
ist: ein Hexenbuch!
Eines Morgens fand Lilli es neben ihrem
Bett. Wie ist es da wohl hingekommen?
Keine Ahnung. Lilli weiß nur, dass die
schusselige Hexe Surulunda Knorx das
Buch aus Versehen liegen lassen hat.
Und sie weiß, dass echte Zaubereien und
wilde Hexentricks in dem Buch stehen.
Einige davon hat Lilli schon ausprobiert.
Aber aufgepasst:

Versuche lieber nicht Lillis Hexereien nachzumachen!

Hast du nur ein Wort falsch gelesen, wird Zahnbürste zum Hexenbesen.

Aus Lehrerin wird böser Schurke, aus Eis am Stiel wird saure Gurke.

Vorsichtshalber hat Hexe Lilli niemandem von ihrem tollen Buch erzählt. Sie ist sozusagen eine echte Geheimhexe. Auch vor ihrem kleinen Bruder Leon hält sie das Hexenbuch geheim. Das ist gar nicht so einfach, denn Leon ist sehr neugierig und kann manchmal ziemlich nervig sein. Lilli hat ihn aber trotzdem sehr lieb.

So . . . und jetzt kann der Lesespaß losgehen!

1. Kapitel

Leon hat sich den Arm gebrochen. Mama musste mit ihm ins Krankenhaus. Nun sitzt er in Lillis Zimmer, um ihr alles zu erzählen. Dabei klopft er immer wieder auf seinen Gips. »Das Foto sah echt cool aus. Wie von 'nem Totengerippe.«

»Du meinst wie von Skelettor, dem Gruselmann«, sagt Lilli und pfeift durch die Zähne. Leon mit seinem Gipsarm tut ihr Leid.

»Er meint das Röntgenbild!«, ruft Mama aus der Küche. »Sie haben den Arm natürlich zuerst geröntgt!«

»Voll das Gerippe«, beteuert Leon. Er ist immer noch tief beeindruckt.

»Der Arzt hat uns die Röntgenaufnahme gezeigt«, sagt Mama. Sie steht jetzt in der Tür und hält einen Kochtopf in der Hand. »Aber wir konnten beim besten Willen nichts Ungewöhnliches erkennen. Der Arzt meinte, der Arm sei nur angebrochen, da sei nur ein feiner Haarriss!«

»Hat er nicht gesagt!«, widerspricht Leon. »Er hat gesagt: Isse nikt ganz kaputte!«

»Stimmt! Er sprach nicht so gut Deutsch. Das war nämlich ein Ägypter. Er ist in Deutschland, weil er hier seine Ausbildung macht.«

11

»Aber meinen Gipsverband hat er super gewickelt!«, sagt Leon.

»Ich bin sicher, dass er nicht nur Gipsverbände wickeln kann, denn sonst dürfte er nicht im Krankenhaus arbeiten!«, sagt Mama lachend und geht wieder in die Küche.

Lilli freut sich, dass Leon offensichtlich keine Schmerzen mehr hat.

Warum ihn also nicht ein bisschen auf den Arm nehmen? Das bringt ihn auf andere Gedanken und ihr selber macht es Spaß.

»Du hast Glück, dass du an einen Ägypter geraten bist«, sagt sie. »Die Ägypter sind Weltmeister im Wickeln. Die haben doch schon früher die Mumien eingewickelt, damals vor vielen tausend Jahren. Vielleicht war dein Arzt ja auch so ein Mumienwickler.«

Darauf weiß Leon nichts zu sagen. Er schaut Lilli mit großen Augen an.

Das gefällt Lilli. Sie klopft mit dem Finger auf Leons Gipsarm und sagt: »Sieht wirklich nach 'ner soliden Mumienwicklung aus. Gute Arbeit!«

»Damit macht man keine Scherze!«, ruft Mama wieder aus der Küche. »Mumien, das sind doch Tote! Sie werden erst eingewickelt, wenn sie längst gestorben sind.«

»Tote?«, fragt Leon mit ganz leiser Stimme.

Lilli nickt bedeutungsvoll. Und weil sie weiß, dass Mama nicht immer damit einverstanden ist, was sie ihrem kleinen Bruder erzählt, flüstert sie: »Wenn ich du wäre, würde ich diesen Wickelgips nie wieder abnehmen, weil dein Arm dann nicht verfaulen kann. Auch dann

nicht, wenn du schon längst gestorben bist.«

»Mein Arm verfault?«

»Eigentlich schon. Aber deiner wahrscheinlich nicht, du bist ja an einen echten Mumienspezialisten geraten.«

»Ja, aber . . .« Leon versteht nicht, was ihm seine Schwester da erzählt. »Mein Arm ist doch . . .«

»Mama, das stimmt doch, oder?«, ruft Lilli.

»Weil die Mumien total fest eingewickelt

wurden, können sie nicht mehr verfaulen und halten tausende von Jahren.«

»Das stimmt!«, ruft Mama zurück. Sie kann ja nicht ahnen, was Lilli Leon vorher erzählt hat.

Leon ist baff. »Das heißt . . .«

»Pssst! Nicht so laut sprechen«, fällt Lilli ihrem Bruder flüsternd ins Wort. »Lautes Sprechen schadet der Mumifizierung. Besonders in den ersten Tagen.«

»Heißt das«, sagt Leon jetzt auch flüsternd, »dass mein Arm jetzt nicht mehr sterben kann?«

»Ja, solange er eingewickelt ist«, bestätigt Lilli.

»Und wenn ich jetzt aus dem Fenster falle oder unter ein Auto komme und mausetot bin, lebt mein Arm weiter?«

»Würde sagen, ja«, sagt Lilli und fährt mit der Hand prüfend über Leons Gipsarm.

»Pech für dich, Glück für deinen Arm. In dem Fall würde ich natürlich den Arm absägen und versuchen ihm das Sprechen beizubringen.«

Leon zieht erschrocken seinen Arm zurück.

»Warte mal . . .«, sagt Lilli und zieht ein Buch aus ihrem Bücherregal. *Die Geheimnisse der Pharaonen* steht oben drauf. Lilli blättert einen Moment, bis sie das richtige Kapitel gefunden hat, das Kapitel über die Mumien. Sie zeigt Leon ein Bild mit einer vollständig präparierten Mumie.

»Der ist ja total eingewickelt«, sagt Leon staunend.

Lilli nickt.

»Musste man ihn ganz einwickeln, weil er sich alle Knochen gebrochen hat?«

»Ist wahrscheinlich unter eine Dampfwalze gekommen oder einer der riesigen

altägyptischen Tausendfüßler hat ihn erwischt.«

»Der Arme.«

»Aber er hat doch Glück. Der Mumienwickler hat ihm das Leben gerettet. Der
da lebt heute immer noch.«

»Stimmt das wirklich?« Leon scheint Lilli
doch nicht so ganz zu glauben.

»Jawohl. Er steht sogar im Museum«, beteuert Lilli. »Jeder kann ihn sehen.«

»Wo?«

»Na, in diesem Museum in Kairo.«

»Echt?«

»Natürlich riecht er nicht mehr ganz
frisch.«

»Wahnsinn!« Schon stürmt Leon zu Mama. »Stimmt es, dass im Museum echte
Mumien stehen?«, will er von ihr wissen.

»Ja, ich hab's in der Zeitung gelesen. Sie
machen gerade eine Sonderausstellung

mit Fundstücken aus den Pyramiden und unterirdischen Grabkammern.«

»Und die Mumien sind lebendig, obwohl sie unter die Dampfwalze gekommen sind?«

Mama weiß sofort, wer Leon einen solchen Bären aufgebunden hat. Dahinter kann nur Lilli stecken. »Lilli!«, ruft sie vorwurfsvoll.

Aber Lilli hört nichts. Sie hat sich nämlich inzwischen ganz in das Buch vertieft. Es ist ja auch so spannend, was man da

über das alte Ägypten lesen kann, richtig gruselig.

»Lilli!«, ruft Mama noch einmal.

Jetzt hat Lilli es gehört und geht rüber in die Küche. Als sie dort Leon auf Mutters Schoß sitzen sieht, ahnt sie gleich, dass es Probleme geben könnte.

»Und?«, fragt Lilli betont unschuldig.

»Wie ist das mit den lebenden Mumien?«, sagt Mama. »Kannst du uns beiden das bitte noch einmal erklären?«

Lilli überlegt einen Moment, dann sagt sie: »Nun, die Mumien wurden einbalsamiert und eingewickelt, damit sie nach ihrem Tod weiterleben.«

»Aber so kann man das doch nicht sagen«, meint Mama und verzieht ihr Gesicht.

»Doch. Kann man wohl«, verteidigt sich Lilli. »Die alten Ägypter haben daran ge-

glaubt. Sie haben ihren Toten sogar Le-
bensmittel mit ins Grab gegeben. Damit
sie was zu essen haben. Das steht alles in
dem Buch, das Oma mir geschenkt hat.
Du kannst es nachlesen.«

»Sie wurden lebendig begraben?«, fragt
Leon total entgeistert.

»Nein. Die Toten nicht. Die waren ja tot.
Obwohl . . .« Lilli kommt ins Grübeln.
»Obwohl . . . manche von ihnen wurden
wirklich lebendig in den Pyramiden ein-
gemauert, die Helfer und Baumeister
nämlich. Die wurden mit den Mumien
der Pharaonen eingesperrt, damit sie das
Geheimnis mit ins Grab
nahmen. So konnten
sie den Grabräubern
nichts verraten.«

»Das Geheimnis?«,
fragt Leon.

20

»Das Geheimnis, wo genau die Grabkammer in der Pyramide versteckt war.«
Das versteht Leon natürlich immer noch nicht.
»Ich denke nicht, dass wir weiter darüber reden sollten«, meint Mama.
Aber Leon ist nicht mehr zu bremsen. Er will alles über die Ägypter, Pharaonen, Mumien, Gräber und Pyramiden wissen. Mutter verdreht die Augen. Doch Leon ist einfach nicht davon abzubringen. Er will unbedingt in dieses Museum mit den Mumien. Erst jetzt erfährt Lilli von der Sonderausstellung im Museum ganz in ihrer Nähe. Die will sie natürlich auch sehen.
»Oh ja!«, ruft sie. »Bitte lass uns hingehen.«
Aber Mama zögert. Sie will anscheinend noch nichts versprechen. »Vielleicht geht ihr ja mit der Schule hin«, sagt sie. »Ich werde mal mit deiner Lehrerin reden. Wie

wär's, wenn wir jetzt gemeinsam ein Eis essen gehen? Leon hat es sich wirklich verdient, weil er im Krankenhaus so tapfer war.«

Leon stimmt begeistert zu und auch Lilli hat nichts dagegen. Obwohl sie natürlich Mamas Ablenkungstrick gleich durchschaut hat. Aber ein Eis ist auch nicht schlecht und ihr Buch kann warten. Schließlich liegt es ja schon ewig in ihrem Regal.

Leon hat die Mumien schnell vergessen, jedenfalls so lange, bis Lilli im Eiscafé auf einmal vor sich hin murmelt: »Wirklich klasse, das Eis. So schön kalt. Eiskalt. Wie die Mumien in ihrem kalten Grab.«

Aber Mamas strafender Blick bringt sie schnell zum Schweigen. Sie merkt, dass Mama kurz davor ist, wirklich böse zu werden. Zum Glück ist Leon gleich wieder abgelenkt, weil Mama ihm in diesem Moment ihr kleines Eisschirmchen schenkt, mit dem er sofort zu spielen beginnt.

Als sie wieder zu Hause sind, vertieft Lilli sich natürlich erneut in ihr Buch. Sie schaut sich die Bilder mit den Mumien an und stellt fest, dass die Toten aufgeschnitten wurden, um ihnen das Herz, die Lunge und die Leber herauszunehmen. Die wurden dann in extra Tongefäßen aufbewahrt. Lilli blättert schnell weiter, weil sie das doch zu eklig findet. Auf der nächsten Seite sind die Mumien schon getrocknet, eingesalbt und gut eingewickelt. Anschließend wurden sie in schwere steinerne Särge gebettet, auf die kostbare goldene Mumienmasken gelegt wurden. Daneben stand ein kleineres Gefäß für das Herz und die Lungen.

Lilli blättert weiter und nimmt sich das

Kapitel über die Pyramiden und die Grabkammern vor. Das ist nicht so schauerlich, aber mindestens genauso spannend. Einige Pyramiden sind über viertausend Jahre alt, liest sie da, und außerdem riesig hoch, über hundert Meter. Unvorstellbar, dass die Ägypter es schaffen konnten Millionen von riesigen Steinquadern ohne Kräne und moderne Technik aufeinander zu türmen. Die Baumeister mussten streng geheime Baupläne zeichnen, auf denen die genaue Stelle für die Grabkammer angegeben war. Der Zugang zur Kammer wurde später natürlich bestens getarnt. Um es Grabräubern schwer zu machen, gab es außerdem Irrgänge, die ins Nichts führten, sowie Fallgruben und allerlei verzwickte Mechanismen, die für die Räuber den sicheren Tod bedeuteten.

»Wozu gibt es denn diese Dinger?«, will plötzlich Leon wissen.

Lilli erschrickt. Sie hat überhaupt nicht bemerkt, dass ihr Bruder ins Zimmer gekommen ist und ihr jetzt über die Schulter schaut.

»Das sind Pyramiden«, sagt sie, »riesige Gräber. Gräber für die Pharaonen. Pharaonen waren ganz besonders reiche und mächtige Könige.«

»Waren sie so groß, dass sie diese Riesendinger gebraucht haben?«

»Nein. Aber ihre Schätze waren groß. Und die haben sie ja mit ins Grab genommen für ihre lange Reise nach dem Tod.«

Wieder blickt Leon Lilli ungläubig an. Aber er sagt nichts. Er will mehr von diesen Ägyptern und ihren merkwürdigen Bräuchen hören.

»Was ist das?«, fragt er und zeigt auf eine Skizze, auf der einer der Geheimgänge im Pyramideninnern zu erkennen ist.

»Ein falscher Gang, der die Grabräuber auf die falsche Fährte locken sollte. Wenn die Räuber auf der Suche nach der Grabkammer mit den Goldschätzen durch diesen Gang gelaufen sind, mussten sie über diese Steinplatte. Die Platte ist über ein Seil mit einem Holzkeil verbunden. Wenn man drauftrat, sprang der Keil aus der Halterung.«

»Und dann?«

»Dann rutschte ein riesiger Steinblock von oben herab in den Gang. Der wog gut und gerne zehn bis fünfzehn Tonnen. Das ist mehr als zehn Autos zusammen.«

»Und dann?«

»Na, was wohl? Du stehst im Gang und von oben saust dieser Steinblock herunter. Genau dahin, wo du stehst. Und du fragst: Und dann?«

»Wahrscheinlich Hackfleisch.«

»Mindestens.« Lilli blättert die Seite um und zeigt auf ein Bild, auf dem Menschen mit modernen Lampen das Innere einer Grabkammer ausleuchten.

»Hier, das sind Pyramidenforscher. Sie sind bis in die Grabkammer vorgedrungen. Aber die Grabräuber müssen ihnen zuvorgekommen sein, denn die Schätze sind weg, geplündert. In einigen Pyramiden hat man sogar die Skelette von Grabräubern gefunden. Die hatten es nicht bis zur Grabkammer geschafft und sind unterwegs in eine von diesen versteckten Todesfallen geraten.«

»Wahnsinn!«, sagt Leon beeindruckt und Lilli überlegt, ob es nicht besser wäre,

Leon mit solchen Geschichten zu verschonen. Auch wenn sie sich die nun wirklich nicht ausgedacht hat. Deshalb sagt sie: »Ja, die Pharaos waren ziemlich hart drauf. Aber sie haben auch tolle Sachen gemacht. Zum Beispiel die trockene Wüste bewässert . . .«

Aber so leicht ist Leon nicht abzulenken. Er will was anderes von Lilli hören.

»Was hatten sie denn sonst noch für Todesfallen? Vielleicht was mit Mumien?«,

fragt er und streckt Lilli stolz seinen Gipsarm entgegen.

Zum Glück wird Lilli von Mama erlöst, die in diesem Moment ins Zimmer kommt.

»Das ist aber lieb von dir, Lilli, dass du deinem kleinen Bruder was vorliest.«

»Sie hatten Todesfallen, die Fahrradonen!«, ruft Leon stolz.

Mama verdreht die Augen. Lilli zuckt mit den Achseln. Sie kann doch nichts dafür. Was soll sie denn machen?

»Hatten sie auch Fahrräder, deine Fahrrad-Drohnen?«, fragt Mama.

Leon blickt ratlos zwischen Mama und Lilli hin und her.

Doch Lilli klappt das große Buch zu. »Ich glaub, ich lese jetzt mal ein Pferdebuch«, sagt sie und beginnt in ihrem Bücherregal zu suchen. Mama nimmt Leon bei der Hand, um mit ihm ins Bad zu gehen.

»Denk dran, dass du bald schlafen musst«, sagt sie zu Lilli. »Ich werde übrigens gleich deine Lehrerin anrufen. Vielleicht geht sie ja mit euch ins Museum.« Obwohl Lilli Pferdebücher sonst wirklich sehr mag, kann sie sich jetzt kaum auf die Geschichte konzentrieren, die sie sich ausgesucht hat. Schließlich geht auch sie sich die Zähne putzen und legt sich ins Bett. Aber schlafen kann sie nicht. Zu viel geht ihr durch den Kopf. In ihrem Pyramidenbuch steht, dass noch viele Rätsel der alten Ägypter ungelöst sind. Vor allem dieser Satz lässt ihr keine Ruhe. Es wäre so toll, als Forscherin nach Ägypten zu reisen und eine dieser geheimnisvollen Grabkammern zu besuchen. Vielleicht mithilfe ihres geheimen Zauberbuchs und dem so genannten Hexensprung? Das hat sie schon öfter gemacht. Das Problem ist nur, sie braucht dafür einen Gegenstand aus der Zeit, in die sie springen will. Nur woher den bekommen? Vielleicht aus der Sonderausstellung im Museum? Lilli weiß natürlich, wie gefährlich solche Zeitreisen sind. Schließlich war sie schon im wilden Wilden Westen und in der Piratenzeit. Und wahrscheinlich ist es bei den Pharaonen noch viel gefährlicher. Vielleicht haben diese merkwürdigen Gestalten und Wesen ja wirklich gelebt, die sie von vielen Bildern kennt: zum Beispiel die sagenhafte Sphinx mit dem Menschenkopf auf dem Löwenkörper oder die Furcht erregenden Monster mit dem Krokodilskopf . . . Sie könnte natürlich auch eine kürzere Reise machen, in eine vielleicht ungefährlichere Zeit.

Zum Beispiel nur hundert Jahre zurück. Damals gab es in Ägypten noch nicht vie-

le Forscher, die die Pyramiden und Pha-
raonengräber untersuchten. Da könnte
sie sicherlich noch einiges entdecken.
Aber schon bei dem Gedanken, mit einer
Taschenlampe durch eine Pyramide zu
schleichen, bekommt Lilli eine Gänsehaut.
Sie riecht schon die faulig modernden Mu-

mien, während sie über die Totengerippe von Grabräubern stolpert. Schauerlich!

Lilli nimmt sich vor nichts zu übereilen und alles in Ruhe zu überlegen. Morgen ist auch noch ein Tag. Die Rätsel der Pyramiden haben schließlich auch Jahrtausende überdauert. So lange will Lilli natürlich nicht warten.

Sie zieht die Bettdecke über den Kopf und schläft ein.

2. Kapitel

Am nächsten Morgen weckt Mama Lilli mit einer guten Nachricht. Sie hat gestern Abend noch mit Frau Grach, Lillis Lehrerin, telefoniert.

»Sie war ganz begeistert von der Idee. Frau Grach meinte, ihr hättet in diesem Schuljahr noch euren Wandertag zur freien Wahl. Den könntet ihr doch gut für einen Museumsbesuch verplanen. Sie will gleich heute mit dem Schulleiter darüber sprechen.«

»Super!«, ruft Lilli und drückt ihrer Mama einen dicken Kuss auf die Wange. »Es muss klappen. Wie lange dauert die Ägyptenausstellung denn noch?«

Mama wedelt mit einer zusammengefalteten Zeitung wie mit einem Fächer und lacht.

»Auch daran habe ich gedacht. Ich hab die Zeitung herausgesucht, in der der Bericht über die Ausstellung stand; war zum Glück noch nicht im Altpapier. Ich hab Frau Grach versprochen, dass ich dir den Artikel mitgebe, falls ich ihn finde.«

Lilli greift hastig nach der Zeitung.

»Keine Panik«, beruhigt Mama sie. »Die Sonderausstellung dauert noch mehr als drei Wochen. Erst dann wandert sie weiter nach Düsseldorf.«

»Das werden wir schaffen«, sagt Lilli begeistert. »Und wenn wir nicht mit der Schule hingehen, gehst du mit uns.«

Mama verzieht das Gesicht und sagt: »Ich kann mir etwas Schöneres als eingewickelte Leichen vorstellen. Aber wenn es unbedingt sein muss, denk ich mal drüber nach.«

Aber Lillis Sorge ist unbegründet. In der Schule wird Mamas Vorschlag begeistert aufgenommen. Man beschließt sogar, dass auch Lillis Parallelklasse die Ausstellung besuchen soll. So kann man gemeinsam einen Bus mieten und spart Geld für die Anreise. Ein Termin ist schnell gefunden. In zwei Wochen soll es losgehen. Also genug Zeit für Lilli sich auf den Ausstellungsbesuch vorzubereiten.

Auch in der Schule beschäftigt man sich jetzt mit dem alten Ägypten. Die Kinder malen alte Schriftzeichen und basteln Pyramiden. Und Lilli darf sogar einen Vortrag halten, zusammen mit ihrer Freundin Mona. Mona hat vorher Seiten aus Lillis Buch fotokopiert, die die Mitschüler bunt ausmalen dürfen. Der Vortrag der beiden kommt so gut an, dass sie ihn auch in ihrer Parallelklasse halten dürfen. Selbst der Rektor kommt, um zuzuhören.

»So etwas hat es an unserer Schule noch nie gegeben«, sagt Frau Grach, der man anmerkt, wie stolz sie auf ihre Schülerinnen ist. »Schülerinnen als Gastreferenten für fächerübergreifenden Unterricht.«

Auch Mama ist stolz auf Lilli. Nur Leon nicht. Der ist sauer, weil er die Mumien nicht zu sehen kriegt.

Endlich ist es so weit. Die Kinder aus den beiden Klassen stehen im Eingangsbereich des Museums. Dort müssen sie auf einen Museumsführer warten. Der wird sie durch die Ausstellung führen und alles genau erklären. Hier in der Vorhalle steht eine Sphinx, ein riesiger Löwe mit Menschenkopf. Ob man auf den draufklettern darf?

»Nein, das ist streng verboten!«, mahnt Herr Janus, der Lehrer der Parallelklasse. »Man darf nämlich im Museum nichts anfassen, weil die Ausstellungsstücke so wertvoll sind. Diese Sphinx hier ist sicher über dreitausend Jahre alt.«

»Ich glaube, da verschätzen Sie sich um ein paar tausend Jahre«, ruft ein junger Mann, der in diesem Moment in die Vorhalle kommt. Er geht zur Sphinx, tätschelt liebevoll ihren Hals und sagt: »Ihr dürft sie ruhig anfassen, Kinder. Sie hat es sehr gern, wenn man sie streichelt.«

»Was soll das heißen? Und was mischen Sie sich hier überhaupt ein?«, fragt Herr Janus kritisch und mustert den Fremden.

»Dass unser Tierchen hier sehr viel jünger ist, als Sie geschätzt haben, und dass . . .« – zum Entsetzen von Herrn Janus klettert der Mann jetzt auch noch auf den Rücken der Sphinx – ». . . und dass ich mich freue, dass ihr zu uns ins Museum gekommen seid. Wer möchte, darf gern zu mir raufklettern. Denn dafür wurde die Sphinx von einigen Mitarbeitern des Museums extra gebaut. Mein Name ist übrigens Waldemar, Waldemar Dulechus.«

»Mit seinen langen Haaren sieht der aus wie ein Popstar«, flüstert Lilli ihrer Freundin zu.

»Ich bin der Museumspädagoge«, fährt Herr Dulechus fort. »Ich versuche euch alles zu erklären. Und ich hoffe, ihr habt viele Fragen an mich.« Herr Dulechus rutscht von der Sphinx herunter und gibt Herrn Janus die Hand: »Sie hatten übrigens eigentlich Recht mit Ihrer Schätzung. Das Original, nach der wir unsere Sphinx gebaut haben, ist über dreitau-

send Jahre alt. Wir haben es nicht hier,
weil es für eine Wanderausstellung viel
zu schwer ist. Außerdem haben wir die
Ausstellung extra mit vielen Nachbildun-

gen bestückt, die auch angefasst werden dürfen, damit die Museumsbesucher sie im wahrsten Sinne des Wortes begreifen können.«

»Interessant«, sagt Lillis Lehrerin.

»Sie müssen Frau Grach sein«, sagt der Museumspädagoge. »Wir haben ja miteinander telefoniert. Übrigens bedanke ich mich für die ägyptischen Schriftzeichen, die Ihre Schüler gemalt haben. Tolle Idee. Wir haben uns erlaubt die Bilder auszustellen. Außerdem möchten wir sie gerne mit der Wanderausstellung weiterschicken, wenn Sie einverstanden sind. Vielleicht lassen sich andere Lehrer ja von Ihrem schönen Beispiel anregen.«

»Da muss ich natürlich erst die Kinder fragen. Aber ich denke, dass sie sehr stolz sein werden«, sagt Frau Grach.

Inzwischen waren fast alle Kinder auf der

Sphinx und Herr Dulechus kann mit der Führung beginnen. Zunächst zeigt er große Schaubilder und Zeittafeln, mit denen den Kindern verdeutlicht werden soll, wie lang die Zeit der Pyramiden und Mumien zurückliegt. Aber an den klugen Fragen seiner Zuhörer hört er gleich, dass er nicht viel erklären muss. Die Kinder sind bestens vorbereitet.

»Dann gehen wir jetzt in einen Ausstellungsraum, in dem ihr die Originalausrüstungen einer Expedition anschauen könnt. Damit hat sich ein gewisser Friedrich-Wilhelm Walterbach vor ungefähr hundertzwanzig Jahren in ein bis dahin unerforschtes Königsgrab gewagt.«

Frau Grach und Herr Janus staunen nicht schlecht, wie brav ihre Schüler dem Museumspädagogen folgen.

»Hier in diesem Raum sind nur Originale ausgestellt. Ich bitte euch nichts anzufassen«, sagt Herr Dulechus. »Schaut euch alles in Ruhe an.«

Ehrfürchtig bestaunen die Kinder die Schaufeln, Lampen, Leiterwagen, Seile und die anderen Ausrüstungsgegenstände. Dabei flüstern sie leise miteinander und überlegen, wie die Expeditionsteilnehmer damit gearbeitet haben.

»Damit ihr euch alles noch besser vorstellen könnt«, sagt der Pädagoge nach einer

Weile, »haben wir einen Grabstollen nachgebaut. Den werden wir gleich betreten. Aber vorher müsst ihr euch mit Hacken, Spaten und Lampen ausrüsten. Die findet ihr im nächsten Raum. Vor allem Lampen sind wichtig. Es wird nämlich gleich sehr dunkel.«

Herr Dulechus geht voraus und die Kinder kommen in einen kleinen Raum, in

dem sie eine komplette Expeditionsausrüstung vorfinden. Sie sieht alt aus, doch viele der Ausrüstungsgegenstände sind nicht wirklich alt. Die Museumsleute haben sie originalgetreu nachgebaut. Dann geht es weiter in den eigentlichen Stollen. Ja, hier brauchen sie unbedingt die Öllampen. Es ist nämlich stockfinster um sie herum. Die Kinder stolpern über Steine und Geröll, bis sich ihre Augen an das spärliche Lampenlicht gewöhnt haben. Sand knirscht, Schaufeln scharren. Wirklich gespenstisch ist das hier.

Nach einiger Zeit räuspert sich der Museumspädagoge und sagt: »Wir haben das hier so aufgebaut, damit ihr einen Eindruck davon bekommt, wie die Ägyptenforscher früher gearbeitet haben. Ich meine Professor Walterbach und seine Expedition. Professor Walterbach hat

übrigens während der Grabungen ein Tagebuch geführt. Aus dem will ich euch
jetzt vorlesen. Hockt euch hin und passt
gut auf. Vielleicht packt euch ja auch das
Entdeckerfieber. Oder vielleicht kommt
ihr sogar dem Geheimnis der Mumie aus
unserer Ausstellung auf die Spur.

TAGEBUCH

VON

FRIEDRICH-WILHELM
WALTERBACH

GESCHRIEBEN
IM FEBRUAR, ANNO 1881

Donnerstag

Schaufeln jetzt schon seit mehr als sieben Wochen in brütender Hitze. Manchmal kommen mir doch Zweifel, ob wir an der richtigen Stelle arbeiten. Obwohl ich der Genehmigungsbehörde in Kairo eine stolze Summe gezahlt habe, habe ich nur noch vier Wochen Zeit. Dann erlischt meine Grabungsgenehmigung. Ich muss bis dahin Erfolg haben, sonst bin ich ruiniert. Wenn ich doch nur mehr Zeit und Geld hätte . . .

Dienstag

Haben gestern endlich etwas freigelegt, das der Zugang zu einer unterirdischen Grabkammer sein könnte. Sieht aus wie ein Stück von einer Tür. Auf dem Stein seltsame Ornamente. Habe noch keine Zeit gehabt die eingemeißelten Schriftzeichen zu deuten. Das Schlimme aber ist, dass der

Überwachungsbeamte aus Kairo die Zeichen für ein böses Omen hält. Und was noch schlimmer ist: Nachdem er das Gerücht von den »bösen Zeichen« verbreitet hat, haben zehn meiner Helfer die Grabungsstelle verlassen. Ist es zu fassen? Warum quält mich das Schicksal so?

Samstag
Mit meinen restlichen Männern habe ich unseren Fund weiter freigelegt. Es ist ein behauener, mit Ornamenten verzierter riesiger Stein. Meiner Einschätzung nach eine Tür, ein Zugang. Die Ausmaße sind so gewaltig, dass er sich keinen Millimeter bewegen lässt. Wir versuchen links und rechts von der Tür weiterzugraben. Das Gerücht vom bösen Omen hält sich hartnäckig. Habe heute wieder zwei tüchtige Helfer verloren. Dabei sind wir so nah dran!!

Mittwoch
Der Eingangs-
stein ist jetzt
rundum ganz
freigelegt. Es ist
zum Verzwei-
feln. Wir bekom-
men ihn nicht
los! Er ist un-
glaublich fest
eingekeilt. Wie

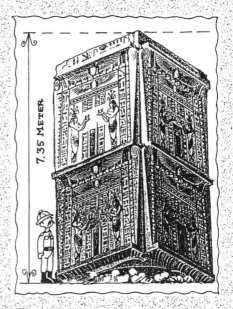

7.35 METER

konnten die alten Ägypter es schaffen dieses Monstrum von Stein so passgenau
einzufügen? Ich bin immer wieder von ihren Fähigkeiten beeindruckt.
Der Abgesandte der Regierung aus Kairo,
der uns bei den Grabungen überwachen
soll, rät uns aufzugeben. Er meint, wir
hätten einen Stein gefunden, der auf dem
Transport zu einer der großen Pyramiden

hier verloren gegangen sei. Aber nicht mit mir! Ich bin überzeugt, dass ich nicht bloß irgendeinen Stein in der Wüste gefunden habe.

Montag
Die Grube hat inzwischen riesige Ausmaße, da wir uns östlich des Eingangs weiter vorbuddeln. Dieser alberne Aberglaube und diese erbarmungslose Hitze!

Dienstag
Treffer! Wir sind auf eine Mauer gestoßen. Sie scheint deutlich dünner zu sein als der Stein am Eingang. Ich habe nach neuen Leuten geschickt. Sie sollen morgen ein-

treffen. Mit ihnen will ich versuchen die Mauer zu durchbohren. Vielleicht schaffen wir es dann von der anderen Seite her zurück zum Eingang zu kommen. Irgendwo da müssen wir auf einen Gang treffen. Hoffentlich sind die neuen Arbeiter zuverlässig und fleißig. Ich habe für sie mein letztes Geld ausgegeben. Ich setze alles Vertrauen in Gott und diese Männer.

Freitag
Es ist geschafft. Wir haben den Gang gefunden. Endlich Glück nach so viel Pech. Nachdem wir die Mauer durchbrochen hatten, lag der Gang frei vor uns. Einfach so. Wahrscheinlich ist der Eingangsstein nur eine Finte der Erbauer, um Grabräuber in die Irre zu führen. Wollte natürlich gleich in den Gang vordringen, aber der Mann aus Kairo hat es verboten. In mei-

nem Ausgrabungsvertrag steht, dass ich im Erfolgsfall nur in Begleitung eines Vertreters der Regierung in eine Grabkammer eindringen darf. Der Beamte hat eine Nachricht nach Kairo geschickt und wartet auf Anweisungen. Mir bleibt nichts als zu warten. Aber ich bin glücklich. So kann ich es doch noch pünktlich schaffen. Ich kann's kaum erwarten!!!

Sonntag
Es ist wie verhext. Ich bin dazu verdammt, hier untätig herumzusitzen. Und ausgerechnet jetzt erkranken einige meiner Helfer an Durchfall. Ich glaube, irgendetwas stimmt mit dem Trinkwasser nicht ... Der Koch beteuert, er habe das Wasser wie immer abgekocht. Aber ich traue ihm nicht.

Montag

Zwei weitere Helfer haben die Grabungsstelle krank verlassen. Heute kam die er-
sehnte Depesche aus Kairo. Aber der Beamte erlaubt mir immer noch nicht den
Gang zu betreten. Er erwartet für Dienstag einen Fachmann für ägyptische An-
thropologie. Erst dann soll es losgehen.
Wenn ich mir nicht sicher wäre, dass der
Beamte auch an der Ausgrabung interes-
siert ist, könnte man meinen, er will den
erfolgreichen Abschluss meiner Bemü-
hungen vereiteln.

Mittwoch

Es ist zum Verzweifeln. Der angekündigte
Forscher aus Kairo lässt weiterhin auf
sich warten und mir läuft die Zeit davon.
Gestern willigte der Aufpasser endlich
ein, dass ich heute mit meinen Leuten in

den Gang hineindarf (habe mich dafür von meiner goldenen Taschenuhr trennen müssen). Als ich nun heute Morgen mit aufgehender Sonne in den Tunnel eindringen will, macht ein grauslicher Fund das Vorhaben zunichte: Direkt vor dem Tunneleingang liegen plötzlich Knochen. Menschenknochen! Totenschädel und Gerippe. Die Männer sind außer sich. Sie glauben, dass ein böser Fluch auf der Expedition liege. Manche von ihnen fliehen Hals

über Kopf. Ich versuche den Rest zu beruhigen, erkläre ihnen, dass jemand sich einen bösen Scherz mit uns erlaubt. (Weiß der Henker, wer die Knochen in die Grube geschafft hat.) Ich appelliere an die Ehre und den Mut der Männer. Einige kann ich überzeugen. Mit ihnen mache ich am Nachmittag einen neuen Versuch.

Und dann ein neuer Schock: diesmal Schlangen. Unerklärlich. In all den Wochen hatten wir keine einzige Schlange. Ein Skorpion hier und da – aber keine Schlange. Und nun auf einmal dutzende. Einfach unerklärlich. Und dann auch noch unmittelbar vor dem aufgebrochenen Zugang. Nun behaupten einige, die Schlangen seien Totenwächterinnen aus dem Innern des Grabes.

Durch den Vorfall habe ich weitere Helfer verloren. Mir blieben nur noch sieben Leute, *die morgen früh mit mir den Einstieg wagen wollen. (Selbst der offizielle Beobachter weigert sich mitzukommen. Es ist unglaublich!)*

»Da ist doch was faul!«, entfährt es Lilli. Fast gleichzeitig hält sie sich den Mund zu, weil es ihr Leid tut, dass sie den Museumspädagogen unterbrochen hat. Aber zu spät. Jetzt reden auch andere Kinder dazwischen. Lars ruft: »Das ist Tabosage!«

»Du meinst Sabotage!«, verbessert ihn Frau Grach. »Das heißt, dass jemand absichtlich die Ausgrabungen verhindern wollte.«

»Genau! Das ist es!«, ruft Mona. »Das stinkt doch zum Himmel. Erst werden die Forscher unnötig lange hingehalten, dann das vergiftete Trinkwasser und dann die Knochen und die Schlangen.«

»Ja, das kann doch kein Zufall sein!«, sagt Lilli.

»Das haben wir auch gedacht, als wir die Aufzeichnungen gelesen haben«, sagt der Museumspädagoge. »Aber nicht ohne Grund heißt unsere Ausstellung *Das alte Ägypten – Fragen und Geheimnisse*. Vor allem unser Prachtstück, die geheimnisvolle Mumie, lässt viele Fragen offen.«

Jetzt mischt sich auch Herr Janus ein und will wissen: »Ist das Tagebuch denn nicht zu Ende geführt? Ich meine, stammen die Mumie und die anderen Fundstücke der Ausstellung nicht aus dieser Ausgrabung da?«

»Doch, doch. Unsere Mumie wurde von Friedrich-Wilhelm Walterbach entdeckt«, versichert der Pädagoge.

»Und das Tagebuch geht also weiter?«, erkundigt sich Frau Grach.

»Ja, schon. Ich bin mir nur nicht sicher, ob ich weiter vorlesen sollte. Es wird noch sehr spannend, um nicht zu sagen gruselig und unheimlich. Ich weiß nicht, ob Ihre Klassen dafür nicht zu jung sind. Wir lesen den Rest normalerweise nur Oberstufenschülern vor.«

»Weiterlesen! Weiterlesen!«, protestieren die Kinder. Und die Erwachsenen merken gleich, dass diese Diskussion ein bisschen unglücklich gelaufen ist. Jetzt muss der Pädagoge wohl weiterlesen. Sonst wäre die Enttäuschung zu groß.

»Und wenn wir dafür wenigstens einen etwas weniger beängstigenden Raum wählen würden?«, schlägt Frau Grach vor.

»Wir wollen das hier hören!«, brüllen die Kinder.

Herr Dulechus lacht und sagt: »Die Kinder haben Recht. Und überhaupt . . . wo sie doch schon so viel wissen. Also, weiter geht's. Aber macht euch auf was gefasst!«

3. Kapitel

Die Kinder drängeln sich ganz eng um den Museumspädagogen und lauschen gespannt. Herr Dulechus räuspert sich noch einmal kurz und liest weiter aus dem Tagebuch vor.

Donnerstag
Ein schwerer Tag liegt hinter mir. Heute am späten Nachmittag konnten wir uns endlich in den Gang vorwagen. Morgens war das nicht möglich, da wir feststellen mussten, dass in allen Lampen das Öl ausgegangen war. Wir mussten also erst frisches Lampenöl besorgen. Ich kann es selbst kaum glauben, während ich das hier schreibe! Zunächst kamen wir gut voran. Der Gang mündete nach gut zweihundertfünfzig Schritt in einen Quergang (später werde ich ihn genau vermessen). Wir versuchten uns hier in beide Richtungen vor-

zuarbeiten. Doch sowohl im linken als auch im rechten Gang machte schweres Geröll dieses Vorhaben fast unmöglich. Nachdem wir in beiden Richtungen gut fünfzehn Schritt vorangekommen waren, beschloss ich alle Anstrengungen auf den linken Gang zu konzentrieren. Mit vereinten Kräften räumten wir weitere zwanzig Schritt frei. Plötzlich glaubten zwei meiner Leute von irgendwo her Klopfgeräusche zu hören. Wir unterbrachen die Arbeit, um zu lauschen. Da gab es tatsächlich irgendwo ein

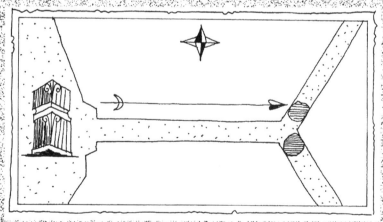

Geräusch. Doch ich vermute, dass es sich um das Echo unserer eigenen Arbeiten handelte. Die Männer des Wüstenvolkes haben da allerdings ihre eigenen Theorien . . . Es sind nun mal abergläubische Menschen. Total erschöpft unterbrachen wir die Arbeiten für die Nacht und kamen mit Einbruch der Dunkelheit zurück ins Lager. (Ich kann nicht einmal die genaue Uhrzeit angeben, weil dieser Kairoer Beamte meine Uhr hat.)

Ich selbst biwakiere nicht im Zelt, sondern habe mein Nachtlager direkt vor dem Eingang unserer Grabungsstelle aufgeschlagen, wo ich auch diese Zeilen schreibe. Trotz der vielen Widrigkeiten bin ich glücklich. Ich bin mir jetzt ziemlich sicher, dass die Gänge zu einem unterirdischen Grab führen. Was ich jedoch nicht begreife – woher kommen die Felsbrocken im Inneren der Gänge? Es ist unwahrscheinlich, dass das Hindernisse sein sollen. Dafür sind sie zu grob und zu schlecht eingepasst. Rätselhaft.

Freitag
Wieder ein Tag voller böser Überraschungen. Ich war fest davon überzeugt, dass wir uns gestern weit mehr als zwanzig Schritt nach Westen vorgearbeitet hatten. Heute mussten wir feststellen, dass es nur siebzehn Schritt waren. Wie konnte ich mich gestern nur so täuschen? Lag es an meiner Erschöpfung? Langsam beginne ich sogar an meinem Verstand zu zweifeln. Wir drangen weiter vor und stießen auf eine Art Tür. Große Freude! War das endlich die Grabkammer? Es gelang uns unter großen Anstrengungen die Tür zu durchbrechen. Doch dahinter lag nur ein weiterer

Gang, der sich schon bald verzweigte. Doch hier waren die Böden und Wände blitzblank, nur glatte Steine ringsum, kein Geröll, das uns das Vorwärtskommen erschwerte. Wir teilten uns in zwei Gruppen. Mit großen Schritten ging es voran. Plötzlich Geschrei aus der Richtung der anderen Gruppe. Wir sofort hin. Uns bot sich ein Bild des Grauens. Zwei meiner Männer waren

Opfer einer grau-
samen Falle ge-
worden. Vor ihnen
hatte sich plötzlich
eine Grube geöff-
net. Eine kleine
Platte im Boden
muss diesen heim-
tückischen Mecha-
nismus in Gang
gesetzt haben.
Gleichzeitig mit

dem Öffnen der Falltüre ergoss sich eine
riesige Menge Sand aus einer Seitenspalte
im Mauerwerk und riss die Männer erbar-
mungslos in die Tiefe. Dort standen dicht
an dicht spitze Holzpfähle, ein ganzer Wald
von Spießen. Einer der beiden Männer wurde regelrecht aufgespießt. Gottlob durch-
bohrte der Pfahl nicht seinen Bauch, son-

dern nur seinen Unterschenkel. Er fiel sofort in eine tiefe Ohnmacht. Glück für ihn –
so hat er nicht mitbekommen, wie wir den
Pfahl wieder herauszogen. Er hat ein richti-
ges Loch im Bein. Aber der Mann lebt. Wie
durch ein Wunder rutschte der zweite an
den spitzen Pfählen vorbei und wurde nur
unter dem Sand begraben. Doch wir konnten ihn schnell befreien.

Die nächste Überraschung folgte, als wir
danach unsere Proviantkisten öffneten, um
uns zu stärken: alles voller Frösche! Dutzende, hunderte. Wohin man auch schaute.
Ekelhaft! Das Essen verdorben. Die Nerven
blank. Meine Männer stürmten wie von Sin-
nen hinaus ans Tageslicht. Und einige lie-
fen gleich weiter nach Hause, auf Nimmer-
wiedersehen. Es ist zum Verzweifeln! Ich
wollte gleich den Proviantmeister und Koch
zur Rede stellen. Das konnte doch nur Sa-

botage sein! Aber vom Koch keine Spur.
Nicht einmal seine Töpfe und Pfannen hatte
er zurückgelassen. Der Mistkerl muss das
schon vorher organisiert haben. Alle haben
sich gegen mich verschworen. Nein, nicht
alle. Zwei Leute stehen noch fest zu mir. Ein
Junge namens Achmed und sein alter Vater. Aber was soll ich mit ihnen ausrichten?
Und um dem Ganzen die Krone aufzuset-
zen, folgte mit Einbruch der Dämmerung
die dritte Überraschung: Der Aufseher aus
Kairo ist wieder aufgetaucht, um mich daran zu erinnern, dass mir nur noch drei
Tage bleiben. Um seine Mahnung drastisch
zu unterstreichen, hat er gleich Polizei mit-
gebracht. Bewaffnete Männer, die sich nun
vor dem Grabungstunnel postiert haben.
Womit habe ich das verdient?

Samstag

Jetzt ist es endgültig aus. Der Beamte aus Kairo hat mich wissen lassen, dass ich am Wochenende nicht graben darf. Auch nicht alleine. Meine Wut und Enttäuschung kennen keine Grenzen. Bleibt nur noch der Montag. Aber was soll ich an einem einzigen Tag ausrichten? Dabei stehe ich so kurz vorm Ziel ...

Ich will nun meine Kraft darauf konzentrieren, alles so sicher wie möglich zu verschließen. Der Junge und sein Vater haben mir ihre Hilfe zugesichert. Und dann mache ich mich noch am Dienstag auf den Heimweg nach Deutschland. Ich bin sicher, dass ich dort Geld auftreiben kann, um die Grabungen erfolgreich zu Ende zu bringen. Und wenn ich dafür meine Seele verkaufen muss ...

Der Museumspädagoge klappt das Buch
zu.

»Und wie geht's weiter? Ist das Buch
schon zu Ende?«, wollen die Kinder wissen.

»Die Eintragungen im Tagebuch hören in
der Tat hier auf, aber die Geschichte geht
natürlich weiter. Sonst hätten wir ja nicht
die Fundstücke dieser Ausstellung«, er-
klärt der Pädagoge und klopft nachdenklich auf Professor Walterbachs Tagebuch.
»Ich will es kurz machen«, fährt er fort.

»Ein Museum in Berlin gab dem Professor ausreichend Geld und nur drei Monate später war er mit einem kleinen Team zurück an der Grabungsstelle. Eine unglaublich kurze Zeit, wenn man bedenkt, wie beschwerlich das Reisen damals war, Wenig später gelang es den Leuten in die Grabkammer vorzudringen. Und sie hatten enormes Glück, denn das Grab war noch nicht geplündert worden. Trotzdem gab es den Forschern unglaubliche Rätsel auf. Rätsel, die bis heute noch ungelöst sind. Aber seht selbst . . .«

Herr Dulechus führt die Kinder nun in den eigentlichen Ausstellungsraum. Die Schüler sind vom grellen Tageslicht regelrecht geblendet und es dauert eine Weile, bis sie all die ägyptischen Schätze richtig in Augenschein nehmen können.

Der Pädagoge gibt ihnen reichlich

Zeit alles anzuschauen – Statuen, Schmuck und merkwürdige Geräte, die vor mehr als dreitausend Jahren im alten Ägypten geschaffen wurden.

Und dann die Mumie. Von einem Glaskasten geschützt, liegt sie neben ihrem steinernen Sarg. Die Klimaanlage im Kasten surrt leise.

Die Kinder sind total beeindruckt. Sie reden kaum; und wenn, dann nur im Flüsterton. Herr Dulechus unterbricht das ehrfürchtige Schweigen. »Bevor ich euch nach Hause lasse, will ich euch das Geheimnis mit auf den Weg geben, das Geheimnis der Mumie. Als Professor Walterbach und sein Team endlich in der Grabkammer standen, sahen sie zwar, dass nichts gestohlen war. Doch der Sarg war offen. Irgendjemand musste vor ihnen schon in der Kammer gewesen sein . . .«

»Klar!«, ruft da einer der Schüler. »Das waren die Leute, die die Sabotage gemacht haben. Die haben doch nur darauf gewartet, dass der Professor endlich verschwindet und dann . . .«

»Die hätten aber sicher das Grab geplündert!«, gibt Herr Janus zu bedenken.

»Das sehen wir auch so«, sagt der Museumspädagoge. »Plünderer waren das sicher nicht. Im Grab fehlte wirklich nichts. Nichts war gestohlen. Einfach rätselhaft.«

»Und dieser Aufsichtsbeamte aus Kairo?«, fragt Lillis Lehrerin. »So einer wird doch nicht plündern . . .«

»Da wäre ich mir nicht so sicher.«

»Ich auch nicht!«, ruft Lilli. »Herr Dulechus hat Recht.«

»Ja, das Ganze ist wirklich ausgesprochen merkwürdig«, sagt Herr Dulechus. »Vor allem die Sache mit der Mumie.«

»Wieso? Was stimmt mit ihr nicht?«, wollen die Kinder wissen.

»Mit der Mumie scheint alles in Ordnung zu sein. Wir haben sie natürlich genauestens untersucht, aber . . .«

»Nun machen Sie's doch nicht so spannend!«, ruft Lilli.

»Nun, die Mumie lag nicht an ihrem Platz,
also nicht in diesem steinernen Sarkophag. Zuerst glaubten die Wissenschaftler, es gäbe gar keine Mumie. Doch dann
fanden sie sie. Allerdings ziemlich weit
entfernt von der Grabkammer in einem
kleinen Seitengang. Neben ihr stand eine
Öllampe; gerade so, als sei sie damit he-
rumspaziert. Die Wissenschaftler waren

fassungslos. Sie wussten überhaupt nicht mehr, woran sie waren.«

»Sie hat noch gelebt!«, ruft einer von Lillis Klassenkameraden. »Man hat sie lebendig begraben und sie hat versucht aus der Grabkammer herauszukommen.«

»Und dann ist sie erbärmlich verhungert«, sagt Mona und schaut voller Mitleid auf den vertrockneten Mumienkörper.

»Und wie soll sie es geschafft haben allein diesen schweren Sargdeckel zu heben?«, fragt Lilli und zeigt auf die Ausstellungsvitrine.

»Vielleicht war doch noch jemand mit ihr in der Grabkammer«, sagt Frau Grach. »Zum Beispiel ein Diener. So was soll es doch gegeben haben.«

»Nein«, sagt der Musuemspädagoge und schüttelt nachdenklich den Kopf. »Man hat niemanden gefunden. Nicht den geringsten Hinweis auf eine weitere Person.«

»Dann muss sie also doch noch gelebt haben«, meint Lilli.

»Das ist nach unserer Meinung absolut unmöglich«, beteuert der Pädagoge. »Wir haben sie wirklich gründlich untersucht. Ich kann nur sagen: absolut tot!«

»Heute vielleicht, aber damals nicht«, sagt eines der Kinder.

»Nein, nein, das kann nicht sein. Die Mumie hat nämlich kein Herz mehr und auch keine Lunge. Denn die stecken in diesem kleinen Gefäß hier.«

»Ist ja eklig!«, flüstert Mona ihrer Freundin Lilli zu.

»Das ist bei Mumien so üblich, total normal«, sagt Lilli ganz cool.

»Wer weiß, welchen magischen Zauber die alten Ägypter hatten«, sagt Lillis Klassenkamerad Lars. »Ich habe im Fernsehen mal so was gesehen. Da hat auch jemand gelebt, ohne Herz.«

»Aber das hier ist kein Film, Lars«, wendet Frau Grach ein. »Das hier ist Wirklichkeit.«

»Es ist auf jeden Fall rätselhaft«, sagt Herr Janus und runzelt seine Stirn.

»Sag ich ja!«, meint der Museumspädagoge lachend. »Ihr seht, ich habe nicht zu viel versprochen. Diese Mumie steckt voller Geheimnisse, auch für uns Museumsleute. So, nun wird's aber Zeit für euch und für mich. Draußen wartet schon die nächste Klasse. Wenn es euch bei uns im Museum gefallen hat, besucht uns doch nachmittags mit euren Eltern. Ihr seid immer willkommen. Und wer weiß, vielleicht knackt ihr ja sogar das Rätsel der Mumie. Dann lasst es mich aber unbedingt wissen.«

Die Kinder applaudieren und Herr Dulechus verabschiedet sich.

Auf dem Heimweg diskutieren die Kinder noch lange, wie sich die Mumie wohl aus ihrem Sarg befreien konnte und ob Mumien nicht vielleicht doch ohne Herz leben können.

Besonders Lilli lässt das Rätsel nicht los. Sie will es unbedingt lösen. Sie grübelt und grübelt. Und dann fasst sie einen Entschluss. Sie wird eine Zeitreise machen. Mit einem Zauberspruch aus ihrem geheimen Hexenbuch ist das kein Problem. So was hat sie schon öfter gemacht. Der einzige Haken ist, dass sie dafür einen Gegenstand aus der Zeit braucht, in die sie springen will. Also muss sie noch einmal ins Museum. Aber wie soll sie dort etwas bekommen? Man wird ihr bestimmt nichts schenken oder

leihen. Und einfach irgendetwas stehlen? Auf keinen Fall! Erstens würde Lilli nie stehlen. Und zweitens wäre es völlig unmöglich. Denn die kostbaren Ausstellungsstücke sind durch elektronische Alarmanlagen gesichert. Doch plötzlich hat Lilli eine Idee. Sie konzentriert sich und versucht sich genau zu erinnern. Richtig! Ein paar von den Ausstellungsstücken in dem nachgebauten Grabungstunnel waren Originale. Vielleicht klebt an einem der Spaten ja noch echter Staub von den Grabungen. Da käme man problemlos heran. Und ein paar Staubkörner würden schon reichen. Genau so wird sie es machen. Schon am nächsten Wochenende wird sie noch mal das Museum besuchen, um dort im wahrsten Sinne des Wortes ein bisschen was abzustauben. Und wenn Mama nicht mitkommt, geht sie eben allein.

4. Kapitel

Lilli hat es geschafft. Zweieinhalb Wochen später sitzt sie an einem Sonntag spätabends auf ihrer Bettkante.

Vor sich ein kleines Döschen mit einem Tuch drin. Lilli stellt das Döschen in eine große Dose, zieht behutsam das Tuch heraus und schon rieseln Staub- und Sandkörner herunter. Kostbares Material aus der Zeit von Professor Walterbachs Grabung. Jetzt braucht sie nur noch den Zauberspruch für den Hexensprung. Doch den kann sie inzwischen schon auswendig. Lilli horcht. Alles ist still. Mama und Leon scheinen zu schlafen.

Lilli kontrolliert noch einmal sorgfältig ihre Ausrüstung, die sie im Rucksack verstaut hat: Taschenlampe, langes Seil, Feuerzeug, Heftpflaster, Schokoriegel, Notizblock, Fotoapparat und natürlich das Stoffmäuschen. Das braucht sie, damit sie sich zu-

rück in ihre Zeit hexen kann. Außerdem
hat es ihr immer Glück gebracht. Lilli
macht den Rucksack zu und atmet
tief durch. Dabei lässt sie den
Sand durch ihre Finger rieseln
und murmelt den Zauber-
spruch. Sie hat die Augen
geschlossen. Trotzdem
spürt sie, dass sie zu
schweben beginnt . . .
In Windeseile geht es
zurück ins Ägypten
des letzten Jahrhun-
derts. Was sie dort
wohl erwartet? Si-
cherlich wird das
kein Spaziergang.
Doch sie will unbe-
dingt das Rätsel
der Mumie lösen.

Auf einmal spürt Lilli eine große Hitze um sich herum. Die Wüste! Und nur wenig später setzt sie sanft auf. Sie ist da. Lilli öffnet die Augen. Es ist stockfinster und feuchtkalt. Wieso das? Damit hat sie nicht gerechnet.

»Hätte ich mir doch nur einen Pullover eingepackt«, murmelt Lilli vor sich hin. Aber wer rechnet schon mit Kälte, wenn er einen Trip in die Wüste

macht? Lilli kramt im Rucksack nach ihrer Taschenlampe. Die Lampe blitzt auf und Lilli erschrickt fast zu Tode. Direkt vor ihr ist etwas: eine Fratze! Sofort knipst sie das Licht wieder aus und die Fratze verschwindet.

Lilli atmet erst einmal tief durch. Was hat das zu bedeuten? Was ist das für eine Fratze? Also die Lampe wieder an. Langsam wandert der kleine Lichtkegel über Geröll und Steine, die auf dem Boden liegen, und höher hinauf. Da ist sie wieder. Sie hat bedrohlich funkelnde giftgrüne Augen. Aber dieses Mal erschrickt Lilli nicht mehr, weil sie jetzt deutlich erkennt, dass die Fratze zu einem Mosaik gehört, das zwei, drei Meter entfernt von ihr in eine Wand eingearbeitet ist. Bevor sie den Lichtkegel weiterkreisen lässt, dreht sie ein wenig am Kopf der Taschenlampe. So wird das Licht weiter gestreut und sie kann sich einen besseren Überblick verschaffen.

Lilli befindet sich in einem Gang, der schnurgerade ist und endlos weit zu führen scheint. Denn in der einen Richtung verliert sich der Strahl ihrer Taschenlampe, ohne auf eine Wand oder eine Kurve zu treffen. Doch auf der anderen Seite ist der Gang durch hoch aufgetürmte Steine zugesperrt. Nur oben, unterhalb der Decke, ist eine kleine Öffnung. Wahrscheinlich geht es dahinter weiter. Der Gang ist ungefähr vier Meter breit und bestimmt sechs Meter hoch. Lilli läuft ein paar

Schritte. Ja, sie weiß jetzt, dass sie richtig gelandet ist, denn solche Bilder, wie sie hier im Lichtkegel der Taschenlampe links und rechts an den Wänden gespenstisch auftauchen, kennt sie aus ihrem Pharaonenbuch. Außerdem passt das Geröll im Gang.

Darüber hatte der Professor doch in seinem Tagebuch geschrieben. Sie ist also nicht nur in der richtigen Zeit, sondern auch am richtigen Ort. Plötzlich bleibt Lilli stehen und horcht. Da war doch was. Irgendwas hat sie gehört. Sie knipst die Lampe aus und hockt sich auf einen Stein. Da, noch einmal. Anscheinend kommt das Geräusch von ziemlich weit her.

Auf wen sie hier wohl treffen wird . . .

Doch wohl nicht auf den Professor, oder? Nein, auf keinen Fall. Denn sonst hätte der Professor Lilli ja in seinem Tagebuch erwähnt. Was aber, wenn sie ihm nun doch begegnet? Müsste er dann ein anderes Tagebuch schreiben? Lilli brummt bei diesem Gedanken der Kopf. Nein, das dahinten kann unmöglich der Professor sein. Das ist doch logisch. Andererseits – was ist bei einer Zeitreise schon logisch? Wie auch immer, Lilli hat sich auf jeden Fall fest vorgenommen Professor Walterbach um jeden Preis aus dem Wege zu gehen.

Da! Da ist es wieder. Kam es diesmal nicht von der zugeschütteten Seite des Ganges? Lilli ist sich nicht ganz sicher. Doch dann hört sie es noch einmal. Ja, irgendjemand ist da hinter dem Steinhaufen.

Mit eingeschalteter Taschenlampe geht Lilli auf den Haufen zu. Das Zittern ihrer Hand überträgt sich auf die Taschenlam-

pe und lässt den Leuchtpunkt auf den
Steinen hin- und hertanzen. Aber Ver-
dächtiges kann sie nicht erkennen.

Erst jetzt wird Lilli klar, dass sie überhaupt nicht weiß, was sie tun will, wenn
sie tatsächlich der Mumie begegnet. Viel-

leicht hat die sich ja dort hinten ver-
schanzt und lauert ihr auf, um sie zu sich
ins Totenreich zu holen. Lilli spürt, wie ihr
bei dem Gedanken ein Schauer über den
ohnehin schon fröstelnden Rücken läuft.
Sie umklammert die Taschenlampe fest
mit beiden Händen, weil der Lichtpunkt
dort drüben jetzt noch wilder herumtanzt.
»Quatsch!«, sagt sie laut vor sich hin. »Eine Mumie ist tot! Ohne Herz und Lunge.
Kein Blut in den Adern. Völlig ausge-
trocknet.«
Ihre Stimme hallt noch lange nach, der
Boden knirscht unter ihren Füßen und
die Fratzen an den Wänden scheinen sie
auszulachen. Kein Wunder, dass ihr
mulmig wird und sie sich wie gefesselt
fühlt. Kann es im alten Ägypten nicht
doch Dinge gegeben haben, die wir Menschen sonst nur aus Träumen kennen?

Lillis Schritte werden immer langsamer. Nicht einmal richtig schlucken kann sie, so trocken ist ihr Hals. Und auf ihrer Stirn klebt kalter Schweiß, Angstschweiß.

Jetzt hat sie den Steinhaufen erreicht. Ihre Beine zittern, als wollten sie ihr den Dienst verweigern, sind weich wie Knetgummi. Und ihr Herz schlägt so heftig, dass sie es zu hören glaubt.

»Hallo! Ist da jemand?«, fragt Lilli und räuspert sich, weil ihre Stimme so er-

bärmlich krächzt. Das Räuspern verhallt in den Tiefen des Ganges wie ein sich entfernendes Donnergrollen.

»Gibt es hier eigentlich nichts, was einem keine Angst macht? Kein Wunder, dass die Männer von Professor Walterbach getürmt sind.« Es tut gut die eigene Stimme zu hören. Lilli fasst wieder Mut. Sie holt ihr Stoffmäuschen aus dem Rucksack und nimmt es in ihre linke Hand. Wenn es gar nicht mehr anders geht, will sie sich schnell zurückhexen. Aber ob das schnell genug ist? Egal, sie ist jetzt hier und will unbedingt wissen, was hier los ist.

Jetzt! Mit eingeschalteter Taschenlampe beginnt Lilli den Geröllberg hochzuklettern. Da! Wieder das Geräusch aus dem Gang hinter dem Haufen. Lilli zuckt zusammen.

»Nicht stehen bleiben!«, befiehlt sie sich und klettert weiter hoch. Sie muss das

Loch da oben erreichen. Jetzt hört sie eindeutig Schritte. Doch weiter! Nur nicht nachdenken! Da, wieder Schritte. Und so ein Scharren oder Rascheln. Kein Zweifel. Diesmal ist es direkt hinter ihr. Jemand klettert hinter ihr her!

Lilli verharrt wie versteinert, wagt nicht sich umzuschauen. Wartet regungslos, dass jemand sie von hinten am Genick packt. Ganz vorsichtig führt sie ihr Stoffmäuschen ans Herz und fängt an den Zauberspruch für den Hexensprung zu murmeln.

Aber dann hält sie inne und beginnt den Kopf zu drehen. Ganz langsam, wie in Zeitlupe. Sie will der Mumie wenigstens einmal ins Gesicht geschaut haben.

Und dann? Nichts. Da ist niemand. Nur ein paar Steine, die herunterkullern. Die hat sie wahrscheinlich selber losgetreten.

»Puh.« Lilli atmet erleichtert aus. Dann holt sie noch einmal tief Luft und setzt ihren Aufstieg fort. Jetzt wieder ein Geräusch. Doch das war kein Steinekullern. Das waren Schritte, eindeutig. Schritte auf der anderen Seite der Steinbarriere. Wieder beginnt Lillis Herz zu pochen und wieder überwindet sie sich. Nur noch gut einen Meter und sie wird durch das Loch blicken können.

Das letzte Stück ist so steil, dass Lilli sich an den Steinen festklammern muss. Und ganz kurz vorm Ziel passiert ihr auch noch ein Missgeschick: Das Stofftier rutscht Lilli aus der Hand und kullert nach unten. Sie leuchtet mit der Taschenlampe hinterher, versucht angestrengt es nicht aus den Augen

zu verlieren. Endlich
wird das Mäuschen
von einem Stein
gebremst und
bleibt fried-
lich in ei-
ner

Mulde
liegen.
»Tschüs! Ich hol
dich gleich!« flüs-
tert Lilli leise und
winkt dem Stofftier zu.
Dann stemmt sie sich mit ein
paar Schritten hoch zur Öffnung.
Dort klemmt sie die Taschenlampe in
ihren Mund, um beide Hände frei zu haben. Denn sie will das Loch erweitern. Lil-

li gräbt und scharrt mit ihren bloßen Fingern, löst schließlich einen fußballgroßen Stein aus dem Geröll neben der Öffnung und lässt ihn herabrollen. Nun ist es so weit. Sie kann fast ihren ganzen Oberkörper durchschieben, um einen ersten Blick in das jetzt viel größere Loch zu riskieren.

Lilli schaut in einen prächtigen Gang mit wunderbaren Malereien. Hier ist alles sauber, wie blank geputzt, kein Geröll, kein Dreck, aber auch keine Mumie weit und breit. Lilli leuchtet hin und her, kann sich kaum satt sehen. Ihre Angst ist wie weggeblasen. Wenn schon dieser Gang so prächtig ist, wie wird es dann erst in der Grabkammer aussehen?

Aber was ist das? Hat sich dort nicht etwas bewegt? Lilli kneift die Augen zusammen. Erst jetzt merkt sie, dass ihre Lampe längst nicht mehr so hell leuchtet. Anscheinend lassen die Batterien nach. Da war eine Gestalt in etwa hundert Metern Entfernung. Eine weiße Gestalt! Angestrengt starrt Lilli in den Gang hinein. Die verflixte Lampe wird immer schwächer. Ausgerechnet jetzt! Und dann taucht dieses unheimliche Etwas wieder auf. Es ist nur als Umriss zu erkennen. Lilli will rufen, irgendetwas tun. Aber ihre Stimme versagt.

Voller Panik knipst Lilli
ihre Lampe aus, gerade so,
als könnte sie damit auch
die Gestalt wegknipsen.
Quatsch! Lampe wieder
an. Und Lilli erschrickt
fürchterlich. Die Batterien
haben sich durch die Pau-
se etwas erholt, das Licht
strahlt wieder heller. Da
ist sie! Es ist die Mumie.
Und sie kommt näher, im-
mer schneller. Sie scheint
aber nicht zu laufen, son-

dern zu schweben. Was jetzt tun? Nach Sekunden, die ihr wie eine Ewigkeit vorkommen, kann Lilli endlich wieder einen klaren Gedanken fassen. Der Hexensprung! Sie muss zurück! Sofort! Ihre Hand fährt in den Rucksack. Aber da ist kein Stoffmäuschen. Mist! Wie konnte sie nur so leichtsinnig sein sich ohne Mäuschen so weit vorzuwagen?

Blitzschnell rutscht Lilli den Geröllberg wieder hinunter. Fast wäre ihr dabei die Taschenlampe aus der Hand gefallen. Das fehlte noch! Wie soll sie ohne Lampe das Stofftier finden? Doch da ist es. Sie nimmt es hoch und presst es an ihr pochendes Herz. Dann blickt sie gebannt nach oben. Doch da ist nichts, keine Mumie, die ihren Kopf durch die Öffnung schiebt.

Um die Batterien zu schonen, knipst Lilli die Lampe aus und horcht. Doch alles bleibt still. Lilli versucht ihre Gedanken wieder zu ordnen und sich zu erinnern, was sie da gesehen hat. War das wirklich eine Mumie? Die Gestalt sah eher aus wie ein Gespenst; oder vielmehr so, wie man sich ein Gespenst in einem schlecht gemachten Gruselfilm vorstellt. Aber was macht ein Gespenst in einer altägyptischen Grabstätte? Komisch. Aber die Gestalt sah wirklich nicht aus wie eine Mumie, auch nicht wie eine Sphinx oder sonst eine alte Sagenfigur. Vielleicht ist das dahinten jemand, der sich nur ein weißes Tuch übergehängt hat. Je länger Lilli darüber nachdenkt, desto wahrscheinlicher erscheint es ihr, dass dort nichts Übernatürliches vor sich geht. Wahrscheinlich will ihr nur jemand Angst einjagen, um sie zu verscheuchen. Das würde auch zu dem passen, was im Tagebuch stand. Haben der Professor und sein Team nicht dieselben Erfahrungen gemacht?

Entschlossen gibt Lilli ihrem Mäuschen einen Kuss. »Du kommst diesmal mit. Für alle Fälle!« Sie steckt die Maus in ihre Hosentasche und klettert wieder nach oben. »Na warte«, sagt sie sich, »dich werde ich entlarven.« Oben angekommen, lässt sie ihre Lampe kurz aufleuchten und stellt fest, dass die Gestalt sich wieder verzogen hat.

Jetzt oder nie! Lilli kämpft sich durch die enge Öffnung. Auf der anderen Seite ist der Steinhaufen so steil, dass sie auf ihrem Hosenboden gleich bis ganz nach unten rutscht. Dort bleibt sie noch Moment hocken und horcht. Immer noch nichts.

»Dann komm ich zu dir!«, ruft Lilli und stapft, eine Hand beim Mäuschen in ihrer Hosentasche, mutig voran. Nur alle paar Meter lässt sie die Lampe kurz aufblitzen, um die Batterien zu schonen.

Und plötzlich ist sie da – die weiße Gestalt

stcht unmittelbar vor Lilli. Aber was ist das?

Sie nimmt Reißaus. Anscheinend hat sie noch mehr Angst als Lilli.

Lilli sofort hinterher. Denn jetzt hat sie es ganz genau gesehen. Von wegen Mumie! Unter dem weißen Laken guckten nackte Beine heraus, Kinderbeine. Die Gestalt verschwindet in einem Nebengang. Doch

Lilli ist ihr dicht auf den Fersen und schließlich erwischt sie sie.

Es ist ein Junge, nicht viel älter als sie selbst. Er schlottert vor Angst.

»Du musst Achmed sein!«, sagt Lilli, denn sie ahnt gleich, wen sie da vor sich hat.

Da sprudelt es nur so aus ihm heraus: »Woher kennst du meinen Namen? Und wer bist du? Wo kommst du her? Was

machst du hier? Was ist das für ein Licht, das du da trägst? Haben die Götter dich geschickt?«

»Mit Verlaub, aber die Fragen stelle ich!«, sagt Lilli. So kann sie erst einmal nichts falsch machen, denkt sie. »Wo ist der Professor Walterbach?«

»Der ist vor langer Zeit fortgegangen, um Geld zu holen. Mich und meinen Vater hat er damit beauftragt, bis zu seiner Rückkehr auf seine Sachen aufzupassen. Aber mein Vater ist sehr krank geworden. Deshalb bin nur noch ich hier.« Der Junge zündet eine Öllampe an und Lilli entdeckt nicht weit entfernt das ordentlich aufgestapelte Grabungswerkzeug des Professors. Auch das Tagebuch liegt dort.

»Wie lange ist er schon fort?«

»Ziemlich genau vier Monate. Ich weiß es

deshalb so genau, weil mein Vater übermorgen Geburtstag hat und der Professor versprochen hat bis dahin zurück zu sein. Aber er wird sein Versprechen wohl nicht halten.«

Lilli rechnet und sofort ist ihr klar, dass der Professor schon sehr bald hier wieder auftauchen wird. Ein lautes Gepolter hinter ihr reißt sie aus ihren Überlegungen.

»Das ist er!«

»Nein, nein!«, beteuert Achmed. »Wenn es nur so wäre! Das sind Grabräuber. Die Männer, die uns von Anfang an das Leben schwer gemacht haben. Kaum war Professor Walterbach abgereist, haben sie ihr böses Werk fortgesetzt. Jetzt müssten sie eigentlich nicht mehr heimlich vorgehen, diese Verräter und Saboteure. Sie werden nämlich von dem Aufsichtsbeamten aus Kairo angeführt. Eine Schande ist das!

Wenn doch nur endlich der Professor käme. Bis heute ist es mir gelungen sie in Schach zu halten, aber ich bin am Ende. Ich habe sie mit ihren eigenen Waffen geschlagen, habe sie erschreckt, so wie ich dich erschreckt habe. Immer wieder ist es mir gelungen sie so zu ängstigen, dass die meisten von ihnen das Weite gesucht haben. Aber ich fürchte, sie sind mir auf die Schliche gekommen. Ich sehe nun mal nicht aus wie eine Mumie . . .«

Schon hören die beiden Kinder die ersten Gesteinsbrocken rollen. Offensichtlich rücken die Räuber immer näher heran.

»Und eine Mumie würden sie fürchten?«, will Lilli wissen.

»Ja, eine lebende Mumie«, sagt Achmed grinsend. »Die würden sie mehr fürchten als alles andere auf der Welt. Aber die gibt es wohl nur in den alten Sagen.«

»Und in der Grabkammer. Dort muss doch eine Mumie sein. Hast du die Grabkammer gefunden?«

»Ja, ich bin sogar drin gewesen. Aber ich habe nichts angefasst«, beteuert der Junge. »Ich habe nur die Mumie angefleht, sie möge aus ihrem Sarg steigen, um die Plünderer, die es nur auf ihr Gold abgesehen haben, zu zermalmen.«

»Führ mich zu ihr!«, befiehlt Lilli. Sie greift sich zwei Spaten und nur wenig später stehen die zwei vor dem steinernen Sarg. Lilli gibt Anweisungen: »Los, klemm den Spaten wie einen Hebel unter den Deckel! Zu zweit können wir es schaffen.«

Und tatsächlich, Zentimeter für Zentimeter schiebt sich der schwere Deckel zur Seite, bis der Spalt so breit ist, dass sie die Mumie herausheben können. Sie ist erstaunlich leicht.

Dann geht alles ganz schnell. Die zwei
tragen die Mumie den sich lärmend nä-
hernden Grabräubern entgegen.

»Versteck dich hier!«, flüstert Lilli dem Jungen zu. Und dann tritt sie selber aus dem Nebengang heraus. Die Mumie hält sie direkt vor sich.

Wenig später gellt ein Schreckensschrei aus mehr als zwanzig Männerkehlen durch den Gang.

»Eine Mumie! Dort, seht! Sie bewegt sich. Lauft um euer Leben!« Die meisten Männer ergreifen panisch die Flucht. Nur einige wenige wagen sich ganz langsam heran, um die Mumie in Augenschein zu nehmen.

»Das ist keine lebende Mumie!«, ruft einer von ihnen. »Man will uns nur hereinlegen!«

Lilli bleibt nicht viel Zeit zu überlegen. Sie braucht jetzt die Taschenlampe und . . . ja, den Fotoapparat mit dem Blitzlicht. Schon zuckt das grelle Licht auf: einmal, zweimal. Es blendet die Männer, die so was noch nic erlebt haben. Nun schnell die Taschenlampe und damit die Mumie angestrahlt. Volltreffer! Das hat gesessen! »Die Mumie, sie leuchtet! Sie hat einen Sonnenstrahl geschickt. Der Sonnengott selbst wird uns verfluchen!« Die Räuber drehen sich um und verschwinden.

Als Achmed wenig später auftaucht, um sich von Lilli erklären zu lassen, was sie genau gemacht hat, gibt Lilli nur eine knappe Antwort: »Ich habe sie einfach verjagt.«

»Einfach verjagt«, wiederholt der Junge beeindruckt. »Und wer bist du und woher kommst du?«

Lilli überlegt einen Moment; und dann fällt ihr eine Erklärung ein, mit der sie wirklich nichts falsch machen kann: »Der Professor schickt mich. Er hat gesagt, ich soll dich ablösen, damit du die Geburtstagsfeier für deinen Vater vorbereiten

kannst. Professor Walterbach wird bald hier sein.«

»Das heißt, ich kann wirklich gehn?«
Lilli nickt.
Da lächelt Achmed erleichtert und macht sich gleich auf den Weg zu seinem kranken Vater.

»Grüß den Professor von mir!«, ruft er Lilli noch zu.

»Natürlich, mach ich gern«, antwortet Lilli und ist kurz darauf allein.

Jetzt nutzt sie erst einmal die Gelegenheit sich die Mumie in Ruhe zu betrachten. Sie hat sie zwar schon einmal gesehen, in der Ausstellung im Museum. Aber hier im Schein einer flackernden Öllampe ist das natürlich etwas anderes.

Doch was ist das? Da sind Stimmen. Sie kommen aus einem kleinen Nebengang. Ob das schon wieder die Räuber sind? Lilli dreht die Mumie und geht hinter ihr in Stellung. Die Stimmen kommen näher. Und dann erlebt Lilli eine Überraschung: Es sind mehrere Männer, aber sie tragen keine Turbane, sondern Tropenhelme. Na klar – der Professor und seine Leute. Lilli weiß nicht, ob sie lachen oder weinen soll. Jetzt kann sie unmöglich unbeobachtet die Mumie zurück in die Grabkammer bringen. Sie würde dem Forscherteam direkt in die Arme laufen. Mist! Oder doch nicht?

Lilli legt die Mumie behutsam auf den Boden und greift nach ihrem Stoffmäuschen. Dann bläst sie das Öllämpchen aus, stellt es neben die Mumie und murmelt den Zauberspruch für den Hexensprung.

Als sie wenig später in ihrem Kinderzimmer landet, muss sie wirklich lachen. Sie allein weiß, warum die Forscher die Mumie nicht in ihrem Sarkophag fanden. Sie allein kennt jetzt die Lösung für das Rätsel der geheimnisvollen Mumie. Schade ist nur, dass sie sie niemandem anvertrauen darf.

Zaubertrick
Die verschollene Mumie

Dieser Trick wird selbst David Copper-
field den Angstschweiß auf die Stirn trei-
ben. Eine Mumie verschwindet in ihrem
Sarkophag!

Zum Basteln des Sarkophags klebst du
zwei Schuhkartons mit den Böden gegen-
einander. Die offenen Seiten der Kartons
nun so weit zurückschneiden, bis sie zusammen die Höhe eines Schuhkartons
haben.

Nun wird das Ganze mit Papier beklebt
oder farbig bemalt, bis es richtig schön

ägyptisch geheimnisvoll aussieht. Auch die Deckel nicht vergessen. Wichtig ist, dass der steinerne Sarg einschließlich Deckel zum Schluss von oben und unten gleich aussieht.

Von innen wird der Sarkophag tiefschwarz angemalt. Das ist wichtig, denn so sieht er für die Zuschauer viel tiefer aus, als er in Wirklichkeit ist. Als Mumie, die verschwinden soll, umwickelst du eine Puppe oder zur Not auch einen Kochlöffel mit reichlich Toilettenpapier.

Bei deiner großen Zaubervorstellung zeigst du deinem Publikum den Sarg und legst die Mumie hinein. Deckel drauf. Und dann drehst du, während du deine Zuschauer mit wildem Hokuspokus und Hexensprüchen ablenkst, blitzschnell den Karton um. Jetzt kannst du deinem staunenden Publikum den leeren Sarg zeigen. Viel Erfolg!

Geheimnisvolle
Hieroglyphen

Nach dem Besuch der Ägypten-Ausstellung haben sich Lilli und ihre beste Freundin Mona intensiv mit den Hieroglyphen beschäftigt. Das sind uralte Schriftzeichen, mit denen die Schriftkundigen in Ägypten damals geschrieben haben. Lilli und Mona haben daraus eine Geheimschrift entwickelt, mit der man auch deutsche Wörter schreiben kann. Jetzt können sie geheime Botschaften austauschen.

Versuch auch deinen

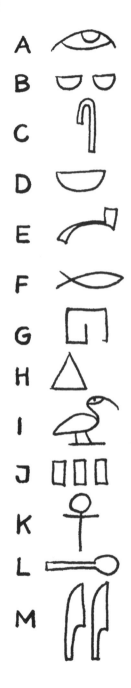

N
O
P
Qu
R
S
T
U
V
W
X
Y
Z

eigenen Namen zu schreiben oder bilde mit Freunden einen Mumien-Geheimschrift-Club!
Kannst du Lillis Botschaft entziffern?

VON OBEN NACH UNTEN GELESEN HEISST DER SATZ: LEON IST EINE NERVENSAEGE

Viel Vergnügen mit der Hexe Lilli!

Seit Lilli das Zauberbuch hat, gerät sie von einem Abenteuer in das andere. Lest selbst, welche tollen Sachen KNISTER für euch ausgedacht hat, und freut euch schon auf die nächsten Hexe-Lilli-Sammel-Bände! Jeder mit vielen Illustrationen und den Anleitungen für echte Zaubertricks zum Nachzaubern! Jetzt hockt KNISTER schon wieder eifrig an seinem Computer und zaubert neue Hexe-Lilli-Abenteuer für euch…

HALLO!
Ich bin die Hexe Lilli.
Besucht mich doch im
INTERNET und schreibt mir
in mein geheimes Hexenbuch.
Ich freu mich drauf!

Hexe Lilli zaubert Hausaufgaben
Hexe Lilli macht Zauberquatsch
Hexe Lilli stellt die Schule auf den Kopf
Hexe Lilli und der Zirkuszauber
Hexe Lilli bei den Piraten
Hexe Lilli und der Weihnachtszauber
Hexe Lilli wird Detektivin
Hexe Lilli im wilden Wilden Westen
Hexe Lilli und das wilde Indianerabenteuer
Hexe Lilli im Fußballfieber
Hexe Lilli und das Geheimnis der Mumie
Das Hexe-Lilli-Schulfreunde-Buch ★
Hexe Lillis Partyzauber
Weihnachtszeit – Zauberzeit mit Hexe Lilli

✌ Alle **Hexe-Lilli-Geschichten** gibt es auch auf Kassetten.
☞ **Von EUROPA!**

Arena

Die Teppichpiloten

Teppichpiloten
Dank des fliegenden Teppichs geraten Jakob und Opa von einem Abenteuer ins andere.

Die Bände haben zwischen 160 und 172 Seiten. Zahlreiche Illustrationen. Ab 10

Achtung: Teppichpiloten-Fans! Der 5. Band ist in Arbeit!

Teppichpiloten starten durch
Jakob will seinen Opa mit dem fliegenden Teppich besuchen und landet dabei sogar bei den Dinosauriern!

Teppichpiloten mit Geheimauftrag
Die beiden Teppichpiloten Jakob und Opa erleben haarsträubende Abenteuer in einem gallischen Dorf im alten Rom beim großen Cäsar.

Teppichpiloten erobern den Weltraum
Diesmal erleben die beiden Teppichpiloten Jakob und Opa, galaktisch-spannende Abenteuer im Weltraum.

KNISTERnde Spannung

Guten Tag.

Ich bin KNISTER, der die *Hexe Lilli* geschrieben hat. Ich möchte euch gerne mehr über meine Bücher erzählen. Die schreibe ich übrigens mit dem Computer: einem großen, der bei mir zu Hause steht, und einem kleinen auf einem Segelboot.

KNISTER jetzt auch im Internet!

http://www.knister.de

Für den Arena Verlag habe ich inzwischen einen ganzen Stapel spannender Bücher verfasst:

- **Hexe Lilli zaubert Hausaufgaben**
- **Hexe Lilli macht Zauberquatsch**
- **Hexe Lilli und der Zirkuszauber**
- **Hexe Lilli stellt die Schule auf den Kopf**
- **Hexe Lilli bei den Piraten**
- **Hexe Lilli und der Weihnachtszauber**
- **Hexe Lilli und das wilde Indianerabenteuer**
- **Hexe Lilli im Fußballfieber**
- **Hexe Lilli und das Geheimnis der Mumie**
- **Hexe Lillis Partyzauber**
- **Das Hexe-Lilli-Schulfreunde-Buch**
- **Weihnachtszeit – Zauberzeit mit Hexe Lilli**
- **Kommt 'ne Mücke geflogen**
- **Teppichpiloten**
- **Teppichpiloten starten durch**
- **Teppichpiloten mit Geheimauftrag**
- **Teppichpiloten erobern den Weltraum**
- **Die Sockensuchmaschine**
- **Willi Wirsing**
- **Bröselmann und das Steinzeit-Ei**
- **Die Reiter des eisernen Drachen**
- **Alles Spagetti**
- **KNISTERs Nikolauskrimi**
  Meine Taschenbücher:
- **Die Sockensuchmaschine**
- **Mikromaus mit Mikrofon**

★ Klasse Bücher für Kinder ab 1,28 m bis 3,53 m. Auf den folgenden Seiten kannst du meine Bücher kennenlernen. ★